歌集

雨女の恋

森村明

歌集　雨女の恋☂目次

I

カバー画　北野珠子（陶磁器保存修復師）

歌集

雨女の恋

I

遠つ国

サンドベージュ　―砂の色―

ブッシュにはきれいな骨が眠っている　アボリジニは風の足で歩く

星月夜　私を抱いたあの人は神様だったのかもしれない

ものを言う蛇がいそうな金色の砂　アポロキャップが落ちていた

チョコレートパフェ

キャンディとソーダとチョコレートパフェで育った　眠らないドラッグストアで

漆黒の少年の肌闇に溶け駆け抜けて行く白いTシャツ

巻き毛のエミルは金色の猫みたい火のついた吹雪みたい　飛んでいる

ランバダの少年しなる鞭のリズム星空のダンス暁のアマン

バイリンガルで天然でガーナに行った花ちゃんは泣き方がわからない

ジェニー

ファームにてマミーの指がねらいを定め今夜のディナーの仔牛が決まる

言葉など野蛮な手段と知りし朝　オッドアイ持つ男の沈黙

行く君と留まる異文化　ランチにはピーナッツバタージェリーのサンドイッチ

うかうかと生《あ》れしか吾は金髪に黒き肌持ちうつ向くジェニー

砂の記憶

貴女が小さかった頃この道の先には光の街があったのよ
金色の砂の涯《はたて》に揺らめく影は昔滅びた都市の記憶
サヨナラはらはらサハラのサラバどうしても砂漠の猫に還るのですね

立花

もうわたくしを見ていないおまえは花を吐いた　雪は色を変えた
冷えていくおまえの胸にひとすくいの雪をおく溶けない雪を見ていた
抱き上げると花のように萎れた　ゆらりと傾いで待っているとささやく
あんなに不幸だったのに帰りたい場所　おまえのいた冬　立花《りっか》

コールドスリープ

長らくお世話になりました、ごきげんよう。猫は連れて行きます
人生が遠い記憶に沈むころ美しい老婆になった貴女に会おう
目覚めたらロケットに乗ろうそしてまた長い眠りの旅に就こう

＊コールドスリープ（Cold sleep）
宇宙船での惑星間移動などにおいて、人体を低温状態に保ち、目的地に着くまでの時間経

過による搭乗員の老化を防ぐ装置、もしくは同装置による睡眠状態。移動以外にも、肉体の状態を保ったまま未来へ行く一方通行のタイムトラベルの手段としても用いられる。

FOR SALE

その城は龍の顎《あぎと》を左折して雨間《あまあい》の嘆きの沼のほとりです

ウェーブする柳の庭《サリーガーデン》　驟雨は走る　ほどけては絡みつく魔女の髪

FOR SALE　首無し城主の亡霊つきでアイルランドの古城を値切る

＊サリーガーデン

柳の庭。柳の林。柳の丘陵。アイルランドでは木材としてよく使われ、親しまれている木。アイルランドの代表的な民謡に「サリーガーデン」がある。その姿からか、死や悲恋と縁が深く、しだれ柳は死体を埋める場所として使われることが多かった。柳の花言葉はweeping willow（死者への嘆き）。

はつなつの

終点のダム湖にバスは帰っていく　姉の姿の魚が泳ぐ

逃げるしっぽをぐるぐる追うのはやめなさい子獲りが来るよおまえを攫いに

はつなつは睫毛にふれて行きすぎるレースのストールいつも編みかけ

故郷のなまり渦巻く花まつり　クラクラと揺れて恋しいハルシオン

古《いにしえ》の水の青抱く埋め立て地　海鳥のきて銀の魚待つ

＊ハルシオン
睡眠導入剤。即効性に優れ、効果が強め。一般的には、服薬してから15～20分で眠気を感じ始め、効果発現の速さは最速クラス。急激に効き始めるため、せん妄状態や一過性前向性健忘を起こしやすく、服薬後に中途半端な覚醒状態を作ってしまうことがある。

短夜の夢

マドレーヌ紅茶に浸せば揺り椅子の祖母が編み出すモヘアの虹

みどりの褥のみだらな呪文　誰もここから飛び立ってはいや

木洩れ日の森　翔ぶように蝶を追う白い網　ひとひらの曇天を捕らえ

はつなつは少女の睫毛に訪れて午睡の間に去って行く

生い立ちの家、華やかに響く母の声。ハルシオンの短夜《みじかよ》の夢

マトリューシカ

脱いでも脱いでも同じ顔ばかり出てくるマトリューシカはママンの形見
まさかとは思っていたけど愛しいママンごめんね私あの人に似ている
捨てられちゃったあの人と棄ててきた私とじゃママンの基本ソフトが違う

あたしあなたの形代だった　なのにママン　連れて行ってほしかった

マリー

過去をただ過去たらしめんためだけに掘り返しているネイルの爪先

私のママは男が好きで女も好きで死ぬまでずっと綺麗だった

こじらせ娘が人生の全てをかけた。愚かな母の育て直し

欠伸と悲鳴がゆるりと混ざるＬＥＤライトの柔らかき不眠

熱いアスファルトの上で踊る　ここは自由通り　たどり着いたユートピア

炎天の雹、我が葬列をにわかに叩き夏はそれから私に寒い

青春通りのマリーが今夜飛ぶと言う。男が二人寒そうに酒を呑む

春が来れば溶けてしまう雪娘の魂を棄てる器を探す

＊青春通り

大阪・西成区に、大正時代に作られた遊廓、赤線があった。日本最大の遊廓と言われ、現在も当時の雰囲気を留める風俗街として残る。通称飛田新地。そこには四つの通りがあり、その中で一番若く、美しい娘が揃っている通りを「青春通り」と言う。他に「メイン通り」「妖怪通り」（二本）がある。

＊雪娘

「スネグーラチカ」。日本語では雪娘、雪姫などと訳される。ロシアの民間伝承におけるジェド・マロース（西欧のサンタクロースに該当する）の孫娘。ロシア民話では、雪で作られ命を吹き込まれた少女として登場する。戯曲『雪娘』の中では太陽の精ヤリーラを讃える夏の儀式で、その身を溶かして消える。雪娘は白く輝く美しい髪の娘として描かれており、縁取りのついた青と白の毛皮（外套、帽子、マフ）を身につけている。

会いたい

この街のどこかにある傷ついたキリンを癒す月光浴場

本日の摩天楼行き最終バスは間もなく発車いたします

あの頃の展望台には月ばかり見ているキリンの噂話

やっと来たのね足音で分かるのよもう振り向くこともできないの
摩天楼の展望台には包帯を巻いたキリンが住んでいる

弥栄

ガチャ

繋がれて立ち尽くしたまま身を揺らすたまきはる象のはな子は

私の耳を慈しむ掌《たなごころ》の温かさ　隔離獣舎で見る夢は

帰っておいで帰っておいで可愛いガチャ　クンジャラの茜の空から母さんが呼ぶ

輝くクンジャラの空の下　きれいに老いるはな子は遠い夢の中

＊ガチャ
井の頭自然文化園で２０１６年5月に没したアジア象はな子の、来日前、母国タイでの名前。「ガチャ」とは小象の意味。
＊クンジャラ
タイにある農園。タイ王室とゆかりが深い。ガチャは１９４７年(昭和22)この農園で代々王朝に使える象として生まれた。

花盛りの森

指笛に極楽鳥が地を走る　錆びたフェンスにウツボカズラの熱帯雨林

カピバラとゾウ舎が向き合う夢の国　視線は永久《とわ》に絡まない

「西へ行く」言い張る亀は今日もまた夕日に向かって手すりに挑む

夜桜に獣の咆哮。故国《ふるさと》は今、月影にジャカランダジャカランダ

＊ジャカランダ
南米に約50種類が分布する樹木。樹高は15ｍに達し、満開時は木を覆うほどに花が咲き乱れる。街路樹などに広く利用されている。花の色は淡い藤色で神秘的に美しく、「世界三大花木」のひとつとされている。桜に似たその姿は「南米の桜」「青い桜」とも呼ばれる。

ロンサム・ジョージ

乗らなきゃ良かった方舟に乗ってしまったジョージはまだジョージだった

花を食べた花になりたくて食べても食べても花になれなかった

死にたいと思うこともなくなって死ぬほど淋しいロンサム・ジョージ

＊ロンサム・ジョージ
1910年頃生〜2012年6月24日没。南米エクアドル、ガラパゴス諸島のピンタ島に生息していたガラパゴスゾウガメの亜種、人間によって絶滅に追いやられたピンタゾウガメの最後の生き残りだった。発見され、保護されてからの40年以上をサンタクルス島のチャールズ・ダーウィン研究所で過ごした。近い亜種とのペアリングも試みられたが、不首尾に終わった。食性は植物食で、ハイビスカスの花を好んだ。「ロンサム・ジョージ」とは一人ぼっちのジョージの意味。

ビーチパラソル

備品室に畳まれている始祖鳥の前世は多分ビーチパラソル

レマンの湖《うみ》でまた会ったあの日に棄てた私の亀　欠けた甲羅が今も尖る

はつなつの青藻ヶ池の水面には半眼の亀の首があまたに浮かぶ

「愛らしいひよこはいかが」七色に染め上げられたカラーヒヨコの謝肉祭

琥珀の樹液の指輪の中で蜘蛛が手にした永久《とわ》の拒絶

通報済み。捕獲まで24時間。始末書には害獣スタンプ

害獣スタンプ

＊カラーヒヨコ
主に縁日などで売られていた。昭和期に祭りなど、露店の商品として開発されたもの。もともと養鶏場の雄のひよこは、愛玩用として縁日や路上などで販売されることが多かったが、これに赤、青、緑、ピンクなど、カラフルな着色を施すことで、本来の色のひよこよりも人気を集めた。アイディア発祥はフランス説がある。着色には、主に繊維用の染料を水で薄めて、ここにひよこを漬けるか、スプレー（エアブラシ）を吹き付けることが行われる。短時間で乾燥させるため、強力な熱風を浴びせ続ける。販売環境も劣悪な場合が多く、買われてから数日で死んでしまうことが多い。中には数時間で死んでしまうひよこもいる。近年では動物愛護の概念から、日本でカラーヒヨコが売られることは稀になっている。

東京23区発行タヌキの命のパスポート害獣処理まで24時間

万世一系在来種毒餌と箱罠弥栄狸

盲目の狸の崩れた疥癬の皮膚に優しい花吹雪

＊弥栄

いやさか。主に一層、栄えるという意味の単語。また、「万歳」に近く、めでたい意味で使われることもある。一般的な場合には「いやさか」と読むが、祝詞では「いやさかえ」が本来の正式な読み方。また神事ではない祝辞の場合にはいやさかでも間違いではない。

私はミーメ

還らない理《ことわり》ならば何もかも壊れてしまえ地震《ない》の星は死に絶えて

貴方がいなくなったって世界は終わらず人生だって続きます。アナタナンテ

「何してるの早く抱いてよ」亀裂はもうそこまで来ている警報音が鳴り響く

花織りの帯をほどくさらさらさらさらさらさら崩れて星砂の夜
きらめく星をつかまえてぬばたまの闇に沈めたらそれが恋なの私は夜空
ずっと探したずっと貴方に触れたかったでももう行くわ春だから
あの人を埋めてきたの春だからあたし行くの宇宙《そら》の果てまで
「私ハミーメハーロックニ命ヲ捧ゲタ女」あなた一人が恋しいの

＊ミーメ
日本の漫画家、松本零士作品「宇宙海賊キャプテンハーロック」の登場人物。故郷の星を破壊され、ただ一人生き残った異星人。ハーロックに影のように寄り添い宇宙の旅を続けている。アルコールが主食の種族で、いつも酒を呑んでいる。長い青い髪と瞳のない大きな輝く目を持つ。「私ハミーメハーロックニ命ヲ捧ゲタ女」は初登場時の台詞。

オフィーリア

すれ違い様目を伏せる振り向いてなお目を逸らす。ため息のメデューサ
豊かな髪をほどいたらたっぷり時間をかけてあげる。恋をするラプンツェル
月の雫を身に纏い砕け散るダイアナ。永遠なんてどこにもなかった

水面漂う花の雪。仄かに笑まうオフィーリア溺れる娘の冷《すさ》まじさ

逃げる

いつだって逃げる途中のおかしなおまえ夕陽に向かって草笛を吹く

暗い波間を青いボートで流れてゆくのは昔はぐれた小さなシロ

あの日腕をすり抜けてクルクルと落ちていったミルク色の尻尾

ボートの上の可愛いシロを声を限りに呼んでみたけどこっちを見ない

狸の子供

狸の子供が儚く呼んだ「おにいさぁん」前世が怪しい私の知恵熱
生まれ変わったら戻っておいで見つけてあげるよどこにいても
ふさふさと尾を振る少女《おみな》は口づける「あの時の狸です」

貝の舟

受話器がまだ耳の形をしていた頃　夜逃げする一家の話を聞いていた
異人だったあの人の口づけの記憶は淡い　優しく触れた五時の影
楡の梢のその上の一番ふかい青空に引っ掛かってる貝の舟

はつ恋

「あなたは一人で生きていけるわこれからも」それってムリ。多分もう
長い髪が雨にぬれて萎れた花のようだった世界で一番きれいだった
ファム・ファタール　幻だったと気づいても信じた月日が愛おしい

あどけない君が連れてきたケルベロスにもすっかり慣れてはつ恋は果て

おまえの歳月おまえの後悔おまえの聲。覚えていますゲヘナまで

淋しい腕の中に何度でもおまえは戻り指を絡めては息絶える

小春日和の仔犬を見ながらゆっくり死にたい僕は少し笑いながら

＊ケルベロス

ギリシア神話に登場する犬の怪物。冥界の番犬。その名は「底無し穴の霊」の意味を持つ。「三つの頭を持つ犬」というのが一般像である。死者の魂が冥界にやって来る場合にはそのまま通すが、冥界から逃げだそうとする亡者は捕らえて貪り食うと言われる。

＊ゲヘナ

旧約聖書で言及される〈ヒンノムの谷〉のこと。エルサレムの城壁の南にある谷をさす。古来ここでは幼児犠牲が行われ、また後に町の汚物や動物・罪人の死体が焼却された。新約聖書ではゲヘナは罪人の永遠の滅びの場所であり、地獄をさす場所とされている。

ジョーズの歯形

閉じた回線、まだ開かない。そもそも回線あったのだろうか
あなたの住んでる電子の海に訪ねて行きたいクラゲになって
モカシンに三月の雪が染みた。ココアを飲んだらあの子を探そう

ルリマツリが静かに伸びる。私もいつか死ぬんだわいなくなるんだわ

もう誰も欲しがらない歯形のままに割れてしまった金メダル

ゆうべ隣で笑ってたあの子はもういないのだという花いちもんめ

年寄りばかりが輪になっていつまで続くハンカチ落としは背中が怖い

翼を広げ振りむき様に抱きしめる指にはもう鋭い爪

ミイラ男の繃帯はほどかないでね。ホントは私、女だから

春と沈丁花と花粉症。他にはなんにも残っていない

老いていく好きだった青いジーンズ　鉤裂きに残るジョーズの歯形

＊ジョーズ
『ジョーズ』（Ｊａｗｓ）は、スティーヴン・スピルバーグ監督による１９７５年のアメリカのメガヒット映画。原作はピーター・ベンチリーによる同題の小説。海洋パニック映画の元祖と言われる。平和な海水浴場に突如出現し、凄惨な犠牲者を量産する巨大な人食い鮫を撃退するまでを描く。ｊａｗｓは本来、英語で「顎」を意味する単語であるが、本作の大ヒットと衝撃度から「鮫」と同義語として使われるようになった。

アンフラマンスの夜

さっきまでそこにいた人砕けたグラス死ぬのはいつも他人ばかり
「オッパって呼んでもいいよ。ボクシングはもう辞めたんだ、もう二度と」
『新宿ボルガ』零れたウオッカぼやけた視界　溺れ続けたオッパ

杯を傾けるたび貴方の涙が充ちてくる。そんな侵略
漂うヘイト、躊躇う少女、佇むホスト、血まみれだったオッパの夜

＊アンフラマンス
フランスの美術家、マルセル・デュシャンの造語。微かなもの。薄いもの。現世と不在のあわいにあって、今まさに消えかかろうとしているもの。また、デュシャンの墓碑には「死ぬのはいつも他人ばかり」と刻まれている。
＊オッパ
韓国語。女性が年上の男性に対して使う呼称。実の兄以外にも、親しい心情を持つ相手に使う。夫。恋人。友人など。

ブートヒルに花を棄てたら

死にたくて死んだあなたに…死んだってあたし花束なんか捧げない

ブートヒルに花を棄てたら消去する。　ためらいは既読スルーの中にだけ

今日からは永久《とこしえ》の沈黙を誓え。　青い炎の彷徨う丘で

＊ブートヒル

アリゾナ州フェニックスの南東にツームストーン（墓石）と言う名の町がある。１８８０年頃から銀の採掘の町として栄え、やがて衰退した。過酷な採掘労働と、度重なるインディアンとの戦いで知られている。ブートヒルはこの町の入り口の丘にある墓地。「ブートヒル」とは、ガンファイトなどでブーツを履いたまま死んでいった、もしくは名もない死者の墓碑にブーツをかけた習慣からきた呼び名。『ＯＫ牧場の決闘』の登場人物たちもここに眠っている。

Ⅱ

あの人の声

阿佐ヶ谷住宅

おぼろげな緑の小径さ迷えば花びらの降る廃屋に会う

廃屋に至る小径に灰色の猫が佇み私を見ている

廃屋の門扉に眠る猫がいて人語のごとき寝言を洩らす

閉ざされた門扉の下に消えてゆく灰色猫は足を引きずり

川沿いの猫のアジール、阿佐ヶ谷住宅。時を留《とど》める給水塔

経年の命宿した傾斜屋根。朱に染まって解体の朝

まっすぐに私を拒む　琥珀の瞳まじろぎもせず隻眼の猫

廃屋の庭に佇む猫がふとニタリと笑う月のまひる

廃屋にざわざわウフフと灯がともり雛《ひいな》の夜の宴が始まる

歳月は草いきれして溺れ行く　結界を巡らせ海に沈めたい

廃村の緑の道を歩く猫　もう忘れたわあの人の声

＊阿佐ヶ谷住宅
東京都杉並区に所在した分譲型集合住宅。１９５８年、日本住宅公団により造成された。

当初は「阿佐ヶ谷団地」と呼ばれた。鉄筋コンクリート棟と、テラスハウスタイプ棟で構成された。大きな赤い屋根を持つテラスハウスタイプの傾斜屋根住宅が特に話題になった。豊富な緑地を確保し、住宅の境い目を曖昧にした配置は50年を経て、都内有数の緑地帯を形成する善福寺川緑地のグリーンベルトと住宅の緑地が連続し、比類ない緑豊かな住環境を構成した。団地愛好家だけでなく、一般の建築愛好家からも親しまれる非常に有名な団地となった。老朽化し、何度かの建て替え計画が起こり、住人は徐々に減少し、やがて美しい廃虚となった。根強い反対運動の末、２０１３年4月から惜しまれながら取り壊し工事が行われ、２０１６に新集合住宅が建設された。（関連書物『奇跡の阿佐ヶ谷住宅』）

いばら姫

庭城は遥か朽ちてゆく　夏草に風の足跡みどりの波頭

廃園の奥深くに埋もれている今も血を呼ぶ斬首の斧

廃屋に眠る姫君かたわらのラジオは歌う「ラ・マルセイエーズ」

割れた鏡の散らばるベッドでまだ眠っているキッズルームの子供達

朝日影。埃の柱が煌めいて廃屋にマフィンの香り満ちてくる

光の魚が跳ねまわる廃屋の鏡の破片にいばら姫

桜花の候

遠ざかるうなじに降る千の花びら　坂の上の家に春が充ちる

花びらは坂を下りつむじ風になる　最終電車が明るく霞む

モノクロの車窓に浮かぶ廃屋に薄紅《うすべに》のお化けが今も住んでいる

ラピュタの城

長雨には思い出しそう廃墟のハトは人類だった頃の憂鬱

苔むした巨兵が佇む城壁にバロンと名乗る片目の猫

ラピュタの城に住む人の情緒を乱す遠つ国から来た男

セピアの色のいつかの夢で出会った女《ひと》が壁で微笑むポートレート

ラピュタの城の鏡の中の貴婦人の心を乱す熱視線

どうしてここに来たのあそか夜の物の怪たちの庭城に　深爪のまま

パーティの夜にざわつく物の怪をなだめる役目の可愛い小鬼

僕のいた場所

星のない夜

星のない夜をずっと歩いてきた僕は、ティンカー・ベル　君に会いたい
いつまでも膝を抱えていたかった　いつか来る朝もきっと一人だろう

空と海とのちょっとしたすき間に僕を置いたのは神様の計算違い

太陽と月を作ったのは鬼ごっこをずっと続けたかった神様

猫に羽を付けなかったのはどうしてもさよならがきらいな神様

天使みたいな羽が生えるとどこまでだって行ける気がした一人なら

マルセリーノの鐘が引き裂く初めから壊れそうな青い空

コロボックルも親指トムも好きだったけど僕の特別、ティンカー・ベル

渡り鳥がすっかり疲れてしまうからもう手紙は破いてしまおう

眠れない夜に泣きたくなるのはいつまでもここにいたいからなの

星の子供

星の子供が落ちて来て胸にカチリとぶつかって笑ってばかりいます
親愛なるサンテックス取り急ぎお手紙します「王子さまが戻って来ました」
月の海に今も羽ばたく巨大な蛾　ドリトル先生呪いを解いて
ポケモンの歩く街を出て野いばらの森を抜けパドルビーの家に帰ろう

＊サンテックス
「星の王子さま」の作者、アントワーヌ・サン・テグジュベリの愛称。愛読者等が親しみ

を込めて「サンテックス」と呼んだ。フランスの作家、操縦士。第二次世界大戦でパイロットとして召集された。後にアメリカに亡命。１９４４年7月31日、ボルゴ飛行場から単機で出撃後、地中海上空で行方不明となる。44歳だった。

＊パドルビーの家

「ドリトル先生」は、イギリスの小説家ヒュー・ロフティングによる児童文学作品のシリーズ。「パドルビー」は、ドリトル先生の家があるとされる、イギリスのスロップ州にある「沼のほとりのパドルビー」という小さな町のはずれのオクスンソープ通りにある家。

病室

オブラート

「愛って時間稼ぎになるし、おかげで私ずいぶん気が紛れたわ」

眠り続けるおまえの胸に月の影。さみしい薬の匂いがよぎる

唇を寄せれば今もおまえの耳は仄かに染まり愛を乞う

胸の鼓動が高まるとにわかに早く「ポポポポ」と、内耳に落ちる点滴薬

お薬のオブラート派とジェリー派の命がけの優しい諍い

いちご味のオブラート九階の格子窓からふわりと逃げる。夏の空へ

ホスピスの午後

モルヒネの現《うつつ》のほほえみあわあわとホスピスの午後待っている人

病む女《ひと》のもつれた白髪《しらかみ》遠い日の光の花束波打つブロンド

恋人に抱《いだ》かれるごと伸びやかに猫足の介護ベッドに友はまどろむ

ベテランのヘルパー一人に身を任せ病片方《やまいかたえ》に笑顔健やか

侘しげに眉根を寄せた死に化粧。一文字赤く木乃伊《みいら》の口紅

喪主席に光る目をした娘《こ》が座り髪に手をやる亡き人の仕草で

目覚めぬ人に取り縋って泣く相似の娘　朽ちゆくものは私の二十歳《はたち》

紙ヒコーキ

「病んではいない」無邪気な笑みを作ってもいつでも医師が笑み勝る
規則正しい生活が呼ぶ悪夢だと言っても分からぬ医療従事者
あの頃どうかしてました。もう大丈夫、もうちゃんと上手くやれます
ロヒプノール、誘ってよ眠りではなく覚醒に。もう夢は見たくない
鈍色の紙ヒコーキが夕映えの空を行くキラキラと解《ほど》けながら

＊ロヒプノール

日本では１９８４年から発売されている歴史ある睡眠薬の一つ。作用が強く非常に良く効くが、強力な鎮静効果ゆえに副作用についての注意が重要になってくる。

二歳《ふたつ》で死んだあなたに

AKIRA

幼くて川に沈んだこどもの名前　「明日」と書いて「あきら」とルビふる

頬を掠める小さな手　二つで死んだ明日《あきら》という名の私の兄

川を見ていた幼い二人　一人が落ちて一人が逃げた　だあれもいない

半身

光る水面といちごが好きでシロツメクサの冠を被っていたってほんとなの？

那由多《なゆた》、不可思議《ふかしぎ》神様の数える暦の二度目の春を生きていた

大人になったら私あなたに教えたかったフルーツパフェは素敵よって

＊那由多・不可思議
漢字文化の数の単位の最大が無量大数。そのひとつ前を那由多。ふたつ前の単位を不可思議という。語源は仏教用語。日常生活でこれらの数字に触れることはほぼない。宇宙創造の神々の意識における数字と言うべきものである。

うふふ

早咲きの春告げ草に早合点の春告げ鳥くる春はまだ

うぐいすもちは鶯の色だったんだねおいしそう　猫が見ている

ざわめく梢見上げる猫の鼻先に雪のひとひら春の客

夜桜を並んで見上げるパパとママ　時々鏡に尻尾が映る

山の三月つかまえたいのにひな祭り　雛をしまってもうすぐ四月

＊春告げ草　はるつげぐさ。梅の別名。
＊春告げ鳥　はるつげどり。鶯の別名。

私の媼

浅草生まれの媼がゆらり歩けば参道、人波割れてモーゼの海

スカイツリーは情がわかぬと言いながら朝夕拝む媼のツンデレ

定番はサイコロステーキとロゼワイン仏像好きな媼の晩餐

「御仏の血の色なのよロゼワイン」媼は両手にグラスを包む

握る手に青く輝く龍の玉　少女の面差し媼は眠る

ひたむきに祈り続けた魂かしら青く零れる龍の玉

「爪の形がおんなじね。あなた美しい娘になるわ」

仏像とワイングラスの曇りゆく媼の不在春に悲しむ

＊媼
おうな。「おみな」の音変化。年をとった女。老婆。おばあさん。
＊龍の玉
植物。リュウノヒゲの実。美しい青色の球状でよく弾む。別命「弾み玉」子供がおもちゃにして遊ぶ。

猫

ミルクの時間

樹林深くおまえの木を探すおまえの傷を持つ木を探している

あたしのからだがしなやかなのはなりたいものになれるからなのいつだって

ミルクの時間は気をつけて早すぎたって遅すぎたってあたしはいない
退屈したら追いかけて捕まえたら引き裂いてしまうわけもなく
傷むのは古い傷痕。方舟に乗り損なって雨の日はきらい
愛されていていなくてもあたし夢からさめたら帰ってくるわ
あたしを理解しようだなんてそんなひどいことしないで

おまえの耳と私の口が溶け合ったから私おまえを殺してしまった
あたしのために不幸になったり泣いたりしてはいけないわ
あたしあなたののぞむかたちになってあげるいまだけは
貧血性なの。帯は急にほどかないでね女の形が崩れてしまう

方舟の行方

「溺れるわ」どしゃ降りの子猫が見上げる。わたしを誰か拾ってほしい

雨の日の子猫を拾う濡れている。抱き上げる私ごと濡れていく

満月が白い真昼をつくる頃　猫がミルクをねだる時間

ミルクより愛が欲しいと鳴く猫は輪廻転生しても独眼

あたしを強く抱く時のかすれた声と鋭く尖った爪が好き
痩せた猫が鳴くのだ「ああ」と。「ああ、わたしはとしをとってしまった」と
野辺送りの胸に猫が座ると生きてた時を思い出す、苦しい。
侘しげな顔に触れると蚤がわきだし逃げ去った。おまえの褥は寒い
腕の中、いつまでも温かい。骸のはずのおまえなのに

みるくるるひゃはははひもじい子猫は坊やをかじる春の宵

涙眼《なみだめ》でこんなに君を愛しているのに猫なんて呼んでも来ない

猫だけは助けるつもり方舟を沈め続ける雨女の恋

水分管理療法　―ＩＣＵケージの日々―

遠い目を持つおまえがねだる一匙の水　ＩＣＵケージの長い夜

乾いた舌をなだめる水は５cc　涙の味のポカリスエット

酷薄に水分管理の日々は果て祭壇に今日も置く露けきグラス

＊ＩＣＵケージ　動物病院などで、動物用の集中治療装置を備えたケージ。

砂の猫

こんな砂漠の真ん中でトイレと猫砂を要求する君、おいで。

にらみ合い舌打ちを残して消えるガラガラ蛇　サハラの猫の男振り

月の砂漠を猫が行く　音もなく金色の影のように　飛ぶように

チェシャ猫の笑み

降り注ぐ愛に囲われ横たわる延命治療拒めぬ猫が

愛されるカタチに姿変えられて声を無くしたチンチラシルバー

継ぐ息を探しあぐねているような幽かな猫の吐息甘やか

甘エビを口に含んで目を細めた。るるるっとつぶやいてもう動かない

如月の星は虹彩引き絞り空いちめんのチェシャ猫の笑み

ヘブンリーブルー

この胸に猫の形の穴が開きペットロスの言葉飲み込む

ベランダに亡き猫の影　伸べる手をためらわせている十六夜の月

霜月の夜半《よわ》に開いた朝顔はわたくしの猫の目の色ヘブンリーブルー

＊ヘブンリーブルー
西洋朝顔。「天上の蒼」「ソライロアサガオ」とも呼ばれる。ヒルガオ科の一年草。花持ちが良く真夏でも昼頃まで咲いている。場合によっては真夜中まで咲いていることもある。日本朝顔とは違って、秋の終わりまで花をつける。種はリゼルグ酸アミドを含み、南米の先住民に幻覚剤として用いられてきた。

我が名はラプンツェル

小さな猫ははめ殺しの窓の外ばかりを見ていた日がな一日

渡り鳥と流れ星　高層ビルが故郷の私の猫の好きなもの

星空に遊ぶ足裏のきれいな猫が届けるサイン〈おやつの時間〉

とぎれとぎれの眠りの中からやわらかい猫の言葉が落ちてくる

朝のベッドに男はいらない清潔なシーツの上に微睡む猫がいれば良い

私の猫の目の色はさらさら変わる万華鏡。世界のどこにもいやしない

新宿のタワービルに住まう猫　雪を欺くホワイトコート。我が名はラプンツェル

琥珀の酒

バイカルの碧い氷に閉じ込められた猫の刹那はジャンプの途中

浅い眠りのとぎれとぎれに猫が呼ぶ遥かな森の獣の言葉で

凍てついた蛇の回廊よぎるたび猫は銀色の針山となる

ひたひたと満ちてくる子猫の時間。おまえが息づく琥珀の酒

私の男

雨の日は鏡花と

絡み付くうっとりと這い上がる鏡花の毒　雨露《うろ》のベッドを濡らしながら

六月の朝は雨　一日をベッドで過ごす湿った肌の以心伝心

耳元で貴方が読む春昼後刻　奥歯は静かに削がれていく

*雨露　暮らしの中で身を濡らす雨と露。恩恵。

千条《ちすじ》の剣《つるぎ》

百年を待ち続けたけどあと一夜待てぬと思う貴方の帰還

鋼の鎧手放した男は和毛を震わせて私の胸にぴよと囁く
是非もなく眠る男の口ふさぎ濡れそぼつ眼裏の夜に沈めたい
切り裂くと反り返りナイフの刃に絡みつくサテンの肌　私の男
千条《ちすじ》の剣《つるぎ》　月の光に貫かれ神と交わる巫女、人ならぬ。

あざむけば

あざむけば息が継げる訪れる男は誰も愚鈍だったいつだって
じゃあまたねと春だった。愛したことはないけれど助けたかった死んでもよかった
とろとろと朽ちようとする肉叢の絹裂く悲鳴を棄てにいく
待たないで。待たないでねもう二度とここには戻らないのだから

春闌けて朽ちゆく男の淡い目をいつか生まれるお前は知らない

お困りですか

午前二時「お困りですか」と蘭鋳に話しかけてる薄い肩

隻眼の子猫を肩に乗せる人けもの道ばかりを歩くいつだって

振り向けばべた一面の未練だと肩怒らせる君　雛月生まれ

＊べた一面の未練
中野重治著「五勺の酒」作中の言葉。戦時中から中学校の校長をしていた主人公が、戦後、共産党員と想定される友人に会いに行ったが会えず、その夜、わずかな酒を呑みながら「万事万端べた一面の未練」をくどくどと手紙に書き連ねる、という小説。くり返し語られるのは、天皇制と共産党の在りかたについてだった。

雨に唄えば

雨の気配

カカカカカツン　雨の駅舎にとんがった白杖《はくじょう》のこえ谺する
シャツを濡らす霧雨の空を見上げる。君は少し首を傾げて

雨もよい。夜のホームに立ち尽くす君の耳がユリの形に開いていく

「めくら自慢」点字も読めない君が言う。生まれて以来あたしずっと困ってる

＊めくら自慢
長谷川きよしの著書「めくら自慢・耳は目ほどにものを見る」から。長谷川きよしは日本のシンガー・ソングライター、ギタリスト、エッセイスト。筑波大学付属視覚特別支援学校卒業。「別れのサンバ」「黒の舟唄」「灰色の瞳」などのヒット曲がある。

タイミング

「おや、こんにちは」差し出された貴方の手を感知するまで5秒間
「では、さようなら」乗り遅れた僕の手にサクサクサク足音が遠ざかる
振り返り見つけてほしい。何処にも行けずフリーズしている僕の右手
「困ったことなどないけど何か」虚ろな眼窩の強気な発言
てんてん、とん。点字ブロック辿れば列の最後尾だれかの孤独にヒットする

トント

はしばみ色の煌めく瞳が翳るころトントは盲導犬になる
パートナーだと君が言うトントはもう小さなＵＭＡ。犬だったのは遠い記憶
老いたトントはハーネスのそばで眠る前肢を噛む飛ぶ夢を見る

＊ＵＭＡ
未確認生物。ＵＭＡ（ユーマ）とは、Unidentified Mysterious Animal の略称で、生物学

的に確認されていない未知の生物の事。ＵＭＡは日本人による造語であり海外ではそのように呼ばれることは少ない。怪物や妖怪の類はＵＭＡに含まれない。未だに目撃されていない未確認生物も数多く存在するとされている

スパイスはファイト

ハミングに揺れる白杖「雨に唄えば」貴方の肩にはずむ雨粒

ヘレン・ケラーと語りし一夜の記憶持つその丸き指ふと妬ましき

さんま食み皿に並べた白い骨　阿佐博の膳、乱れ無し

ヘレン・ケラーベーカリーの手作りクッキー。スパイスは「ファイト」

＊阿佐博

徳島県生まれ。５歳の時外傷にて失明。１９８４年筑波大学付属視覚特別支援学校教諭退職。現在生活介護施設レモンの木施設長。日本点字学委員会顧問。これまでの日本における点字の歩みの中に大きな足跡を残している。そして、このような表現を許していただけるなら、私の敬愛する大切な友人であり、とびきりチャーミングな男性である。

お母さん

マンマ・ミーア

マンマ・ミーアとマンマが嘆く。異国より迎えた娘はベジタリアン
山盛りのビスコッティにはバタミルクあと5kg太れとマンマは決めつける

パンケーキには厚切りハムがのっていたミラノのマンマは時間がない

ソレイユ

ソレイユは仔犬の名前　色白のママンが名付けた流星の夜
ゆるやかに纏めたシニヨン、ママンのうなじ。一筋こぼれるプラチナブロンド

ママン、ママン。貴女を置いてバスには乗らない銀のポットの曇りが取れない
別れには春の茶会をこの庭でリラの咲くまでお眠りソレイユ

六本指のアリス

「アリスの指はギフトなの」笑み崩れてマミー。六本指の手袋を編む

ハンプティ・ダンプティ。マミーの夢の中ではね喉を引き裂く指にもなれる

マミーが編んだきれいな手袋　六本の指の色はみんな違う

さよならの手を振るアリスひらひらひらひいら六本指を閃かせ

＊ハンプティ・ダンプティ
英語の童謡「マザーグース」に登場するキャラクターの名前。擬人化された卵の姿とされている。ルイス・キャロルの童話「鏡の国のアリス」にも登場する。イメージは「常に危なっかしい状態」「非常に壊れやすいもの」などである。

カンパネルラの横顔

窓からふいと抜け出したあの子がまだ帰らない昨夜《ゆうべ》零れた金平糖
母があんまり名前を呼ぶので。呼ぶのですべての窓を閉じた
待ちわびた夜汽車は停まらず窓に浮かぶカンパネルラの白い横顔

赤い靴

泣きながら逃げていた。夢の中でも一番残酷な鬼だったママン

血まみれの足に赤い靴をはいたさよならを美しくするために

月の夜私の肩に触れる指　人狼ではないあれはママン

Ⅲ

援農日和―曼珠沙華の頃―

シャドー内閣作れば総理はチエミで決り組織は嫌いと言い張るけれど

口を歪めて笑う癖　畝起こしが得意だった農家の三男森島君

援農小屋　ジローは優生保護を語る　竹籠で笑っているのは赤ん坊

婦人科処置室　泣いた真理子の賄は男の好きなフワトロオムレツ

この子はきっと弁護士に。一身に期待を集めたシュウちゃんは戦う幼児

ゲイだって知っていたけど女は貴方に惚れたっけカンモクの人石田さん

ユン先輩はルーティン重視。あの日ふと忘れて行ったオモニの写真

農婦も兵士も看護師も間に合ったから取り敢えず由美はそのまま笑ってて

くずおれる導師《グル》を庇った友野君　竹刀一閃　曼珠沙華

流れる血が前髪を濡らしたヘルメットは似合わなかった雨宮君

「兵役があれば迷わず志願する」死に場所を探しあぐねるドク・ホリディ

マニキュアは譲らなかった。春香はやがて三里塚の母となる

沈黙の春

喪失

春を渦巻く黒い水もがく足裏　白い私のお母さん

花を買った抱えて歩いた果たての地までいつもきれいと言われたかった

朝になると窓にはきっと海から上がってきた人の手形がいくつも付いていた

くらくらと崩れる足裏記憶する少女はママなどいないと言う

片割れの真珠のピアスはおしゃべりで掌《たなごころ》に飼う母の耳

夢に泣く。朝を迎えてまた一つ指輪を無くすバー「山猫軒」で

流れ星のすれ違い様幽かな悲鳴　伏し目がちだった好きな人

耳をすませば海鳴りばかり目を伏せて行き交う人に声はない

行く先はいつも傷の痛みが決めるの海鳴りの日は遠くまで行く

海鳴りの村果てて星降れば帰省客。いつか私も古代人

月の夜は導師《グル》を探す。砂に落ちる影に立ち竦んではいけない

ゆるやかに再生すること疑わず千尋の海に眠る女《ひと》

花満ちて鳥歌う飢餓の牛の乾いた瞳にどこまでも春

未生の夢

あやとりの骸のおみなの指もろく彼岸に似ているれんげ畑

一瞬の風で壊れてしまう子ども達はまだ遠くにいるジュラ紀の海

こんこんと死児は眠る太古の湖《うみ》に子宮よ私は生きている墓だ

八月の死者

太田川

真夏には立ち上がる影がある太田川の中洲の淀み

放射線治療拒んで笑う被爆者　広島日赤癌病棟

喫煙室の被爆者Ａ　片肺の癌もニコチン中毒となる

陽炎の街原爆忌　車椅子の膝に火の色の猫が座る

キョウチクトウ乱れシュプレヒコール渇く。民喜の碑に白いパラソル

五臓六腑の三つを抉り気管孔からインター唸る。会うたび君は色っぽい

「酒なくして何の己か」さっきトイレで飲んでた薬は涙のカタチ

「面白かったよ、バイバイ」なんていつもの貴方　泣かせてよ辞世の句なら

指にクルリと巻きついた貴方のかけら褪せた巻き毛「オマエハココヲサルカ」

太田川　泡立つ無数の渦の中手招きしている八月の死者

夏の影

「ムカデ外来」広島の夏の始まりザワザワと乱れた足が逃げ惑う

夏の祖母。光の記憶を振り切るように幾度も日傘を買い替える

蝉時雨が辛くて日傘を深く傾ける。祖母の影が舗道に染み込む

夏木立　パラソルと麦わら帽子がくくくと揺れる。始まっていた恋だった

あの夏の熱く爛れた唇に弱虫のあなたのキスが欲しかった

樹液のように時は滴りわだかまる。時計台の振り子が歪む
めぐり会う。いつか愛した人の子供すこやかに過去は閉じゆく冬ざれの街

＊ムカデ外来
東広島の山側には百足が多い。刺されると激痛が走り、しばしば大事に至るため、その地方の病院には珍しくなく「ムカデ外来」「虫刺され外来」が存在する。

ひょうたん島

ひょうたん島は臨界する。丸い目をした子供等が二度目の死を受け入れる

まほろばの翁と媼が愛し合いアトムの子孫を産み落とす
ひび割れた制限区域の彼方から生まれたての老婆が目覚める

消滅都市

完璧にプログラミングされているから怖くない。もう涙はいらない

うまくいく。分け隔て無く育った君と僕だから清潔な恋をしよう

人類の名残みたいに口づけて僕らは無菌室に還ろう

＊消滅都市

「コンビニ人間」で、芥川賞を受賞した村田沙耶香の著書。世界大戦後の、もう一つの日本（パラレルワールド）を描いた。そこでは生殖と快楽が分離し、夫婦間のセックスは〈近親相姦〉とタブー視される。家族は古びた制度に過ぎず、「セックス」も「家族」も、やがて世界から消え、男女の差が曖昧になり、「出産」さえ形を変える。

花幻忌

蝶に降る雨蝶を濡らさず鱗粉の虹を纏った神御衣《かんみそ》ひらく

花筏を追いかけて駆けて行った少年の潤んだ目を覚えている

繚乱の花を鎮めて春を鎮めて溺れるごとく花幻忌のゆく

＊花幻忌
かげんき。広島出身の詩人・小説家、原民喜の忌日。広島で被爆し、その惨状を、詩「原爆小景」や小説「夏の花」等の作品に残した。１９５１年3月13日、45歳で自死した。

八月のタロウ

かくれんぼして遊びたくってもお昼寝の夢の覚め際　幻の影ばかり

気付かれもせずこんなにも遠い歳月あなたを探しているのは私

相生橋で泣いているお前を見つけたあの夏の家にいた子はだれだろう

数えきれないタロウの欠片が瞬いてあどけなくすれ違う永遠《とき》

＊相生橋
広島の中心部を流れる本川（旧太田川）と元安川の分岐点に架かる橋。T字型という珍しい形状を持ち、エノラ・ゲイによる原爆投下の目標とされた。実際の爆心地は相生橋からずれて、原爆ドームのやや南東になった。戦後何度か架け替えられて、現在に至る。

うりずん南風《べー》

キャンプ・シュワブ

泳ぐのはいつも深夜のプール有刺鉄線を越えて基地の子宮まで

十月のプールは錆びた雨の味がする赤い髪の子供が沈んだ

浮かんでいるのはおばぁの坊や開いたままの水色の目が少し笑った

ガジュマルの気根に埋めたおばぁの無残　幻の子供成人となり

＊うりずん南風
潤い始め（うるおいぞめ）が語源とされる。冬が終わり大地に潤いが増してくる2月から4月のことをいう。若葉がいっせいに萌え、草花は彩りを増して大地を潤していく。その頃に吹く南風。

＊キャンプ・シュワブ
名護市宜野座村に位置する米軍基地。第3海兵師団の主力、第4海兵連隊が駐留する基地。キャンプ（兵営）となっているが、実際には山手のシュワブ訓練地と海沿いのキャンプ地区からなる。普天間飛行場の移転先として選定されたことで、全国に名を知られることになった。現在もゲート前、辺野古沿岸で激しい抗議活動が続けられている。

＊気根　植物の地表に出ている茎。あるいは幹から出て、空気中に現れている根。

祖国の名前

おばぁは十歳《とお》で島をでて百歳でアナンに綺麗な墓を残した

「おとーまーかいがー?」 軋んで震える唇がいつかの幼《おさな》の言葉を零す

泡沫《うたかた》と呼ばれる男と暮らしていた祖母の訃報が拡散される

緋色のストール揺り椅子の小さなおばぁの膝のうえ今も揺れているかしら

エピタフに刻まれた花文字は【私の祖国】祖国の名前は誰も知らない

＊おとーまーかいがー　沖縄の方言。「お父さんはどこに行った？」

不埒な貴方

サーターアンダギー・カミンチュおばぁ・マングローブをさまよう子ども沖縄《ウチナー》に駅はない

駅のない島を爆音が切り裂く。夢に聞く山手線発車のチャイム
この港で貴方は降りる、老パルチザン。涙のように尿《ゆまり》は滴り
ガジュマルの虎落《もがり》の笛は貴方の歯軋りキリキリキリと骨を噛む
不埒な貴方が好きでした淋しいアジトで不埒な愛を育みました

シュワブ第1ゲート前　―少女たち―

頤《おとがい》を細く尖らせその少女ポニーテールを高く結ぶ

太陽燦々《ティーダカンカン》　透ける耳朶迷いなく血赤珊瑚のピアス滴る

煙る肌キャミソールから振り上げるミルク色した少女の腕《かいな》

＊ティーダカンカン
沖縄の方言。太陽さんさん。カンカン照りつける太陽。ギラギラした陽射し、などの意味。

Ⅳ

シネマの季節

祝祭の日々への道は薄れゆくさすらいの青春忘れ得ぬ少女

＊さすらいの青春
1969年。仏映画。フランスの青春小説の代表作、アラン・フルニエの「モーヌの大将」の映画化。監督ジャン・ガブリエル。ヒロインは「禁じられた遊び」の少女役、ブリジッド・フォッセー。意図的なソフトフォーカス、特殊なフィルターを使って光を乱反射させた映像が幻想的で、息を呑むほど美しい。

目をそらす術を持たず向き合う鏡　時計仕掛けのオレンジの刑

＊時計仕掛けのオレンジ
１９６２年。米映画。イギリスの小説家アンソニー・バージェスのディストピア小説が原作。監督スタンリーキューブリック。衝撃的な暴力描写で知られる。近未来のロンドンを舞台に、非行に走る少年たちと、退廃した未来社会の様子を描きながら、現代社会を痛烈に批判している。

美しい囚人だった。失いつづける我が青春のマリアンヌ

＊我が青春のマリアンヌ
１９５５年。仏映画。監督ジュリアン・デュヴィヴィエ。森の中の寄宿学校の少年と、湖の向こう岸の古城に住む謎めいた美女との幻想的な物語。日本では多くのアーティストが影響を受けている。松本零士「銀河鉄道９９９」アルフィー「メリー・アン」など。

バイオレンスな鉄馬の老婆　女たちのマッドマックス怒りのデスロード

＊マッドマックス怒りのデスロード
２０１５年。オーストラリア映画。監督ジョージ・ミラー。荒廃した近未来を希望をなくし、さ迷い生きる男の物語。メル・ギブソンの出世作である。シリーズ４作目の本作は女の存在感が際立つものになっている。『鉄の馬』＝バイクを自在に操る老婆のアクションが胸をすく。

ゆこう、靴の砂を払って。バグダッド・カフェに留まってはいけない

＊バグダッド・カフェ
１９８７年。西ドイツ映画。監督パーシー・アドロン。アメリカ、ラスベェガス近郊のモハーヴェ砂漠のうら寂れたカフェに集う人々の心の交流を描く。淡々とした描写でほぼ起承転結がないのだが、ジュベッタ・スティールが歌う主題歌が素晴らしく、見終わった後に不思議な幸福感をもたらす。

ウエストサイドストーリー　輪廻を生きる　新世紀のジュリエットは踊る

＊ウエストサイドストーリー
1961年。米映画。監督ロバート・ワイズとジェローム・ロビンス。シェイクスピアの戯曲『ロミオとジュリエット』に着想し、当時のニューヨークの社会的背景を織り込みつつ、ポーランド系アメリカ人とプエルトリコ系アメリカ人との二つの異なる少年非行グループの抗争の犠牲となる若い男女の2日間の恋と死を描く。

ブリキの太鼓叩くと決めたおみなごは乳房《ちちふさ》自ら切らねばならぬ

＊ブリキの太鼓
1979年。ドイツ映画。監督フォルカー・シュレンドルフ。ドイツのノーベル文学賞受賞作家ギュンター・グラスの同名小説を原作とする。現在のポーランドにある自由都市ダンツィヒが舞台であり、ナチスドイツが台頭する第二次世界大戦の前後が時代背景（1927年～1945年）。3歳で自らの成長を止めた少年オスカルの視点で、激動の時代を描いた。画面は時代が産んだ奇異なキャラクターとグロテスクな描写に溢れ、その毒気は凄まじい。

まっさらな朝が欲しかった「俺たちに明日はない」嘘つきだったボニーとクライド

＊俺たちに明日はない
１９６７年。監督アーサー・ペン。世界恐慌時代の実在の銀行強盗であるボニーとクライドの出会いから死に至るまでの鮮烈な青春を描いた犯罪映画。アメリカン・ニューシネマの先駆的作品。

蜘蛛女のキス。立ち尽くしたまま補食され夢見るように息絶える

＊蜘蛛女のキス
１９８５年。伯・米合作。監督エクトール・バベンコ。原作はアルゼンチンのマヌエル・プイグの小説。ゲイと革命家。対照的に生きる二人が監獄で出逢い、心を通わせる。やがて訪れる残酷な別れを通して、幸せは理想と現実の狭間にあると伝えている。

手のひらの歌

『ドリトル先生と緑のカナリア』そして『地獄の季節』

炭坑夫は聞くただ一度閃光の中燃えるカナリアのアジリタ

——軍艦の形だなんて、何て醜い島——

上陸の時、鳥籠の中からチラリと見えたその島を、すぐにピピネラは軽蔑した。

それから長い時間が流れた。緑色のカナリアは今も炭坑にいる。炭坑のカナリアの時代は終わったが、鳥籠は習慣的に隧道に吊り下げられていた。歌わなくなった鳥に関心を払う者はいなかった。ピピネラは忘れられた鳥になった。食べ物を摂らなかった。羽を広げることもなかった。時折水を飲んだ。美しい緑色の羽は灰色に変わった。

――あの人はもういない――

ただ一人の男と誓った。二度と離れないと誓った。その手を離してしまった。見失ってしまった。

太陽の光を忘れた。風の匂いを忘れた。時が降り積もった。そしてまた新しい炭坑夫たちが降りて来る。懐かしい気配がした。一人の男を見つけた。声を振り絞る。

――ステファン！――

炭坑夫はカナリアを見ない。声を聞かない。見ない……。見ない……。

ある日カナリアは息が苦しくなる。有毒ガスだ。センサーは鳴らない。もがく。叫ぶ。

――ステファン!!――

男には見えない。聞こえない。カナリアは誰にも見えない。目も眩む閃光が坑内を貫く。

刹那、静寂が満ちる。カナリアは胸を反らせ、目を輝かせ、喉いっぱいに歌う。緑の羽が燃え上がる。

男は聞く。見る。そして知る。海底炭坑にピピネラのアジリタが響き渡る。二人の視線が絡み合う。言葉が流れる。

「マタミツカッタ、ナニガ、エイエンガ……」

＊ドリトル先生と緑のカナリア
英国の作家ヒューロフティングの「ドリトル先生シリーズ」の第11作。雌の鳥は歌わないという常識に挑んだ緑色のカナリア、ピピネラの波乱に富んだ生涯の物語。何度も飼い主が変わり、厳しい環境や境遇に立ち向かい、ピピネラは自分を愛してくれる人たちのために歌を歌う。そして、ピピネラが愛したのは古い風車小屋に住むステファンという名の、謎めいた窓ふき屋の男だった。ラストでピピネラはその生き別れとなった窓ふき男と再会する。

＊地獄の季節
フランスの詩人アルチュール・ランボーの詩集（1873年刊）で、著者18歳のときの作品。ランボーの詩的精神が、汚辱と苦悩、生への渇望、「言葉の錬金術」となって激しく歌われている。フランス象徴主義最大の傑作の一つとして、シュルレアリスムなど20世紀の詩に多大の影響を与えた。

雛の月

――春は気をつけなさい――

祖母は歌うように言う。母のいない、自分によく似た孫娘をとりわけ愛してくれた人だった。優しい祖母は春先になると、時々白目をむいて放心した。

「おばあちゃまのお病気」の春は嫌いだった。私は三月生まれだったのだけれど。

三月には、空襲があった。家がひどく燃えて、祖母一人が助かった。「お雛様は、火の中で踊ったの。お口を開けて、くるりくるりと回ってね、金の火の粉、銀の火の粉がきれいだった」「お姫様は私を見て、笑ったの。冠がシャラシャラ揺れて、シャラシャラ、シャラシャラシャラお姫様は笑ったの」。

燃え尽きた自宅跡で、祖母以外の家族が見つかった。その時女雛だけが消えていたと、祖母は言う。

「あたしを探しているのよ今も」。

――春は気をつけなさい――

祖母は長生きした。「貴女のママが飛び降りた春も、真由ちゃんが溺れた春にも、シャラシャラシャラと風が歌った。ママも真由ちゃんもあたしによく似ていた」。

――春はね、春は気をつけなさい――

いつでも祖母は優しい。だけど私は知っている。ずいぶん前から。春の朧、祖母の部屋から、シャラシャラと幽かに聞こえる音のこと。ママの時も、真由ちゃんの時も、祖母だけがそばにいたこと。

シャラシャラと冠飾りのたまゆらにかの日より帰らぬ姫君

貴方へ

オッパ、金曜日の正午に済州島に着きます。四時に、貴方の正確な病状について話していただくよう、病院にお願いしました。ハラル診療所の秦先生が同席してくださいます。希望的観測の極めて少ない話になると思います。今後の具体的な方針は担当医が率直に説明して下さるはずです。その前に、私から病名を伝えようと決めました。一週間前、秦先生から連絡がありました。それから今日までの私の逡巡をどうぞ許して下さい。

戦い続けた貴方を知っています。決して撤退しなかった貴方を知っています。いつでも貴方は私のタイガーでした。

覚えていますか、誓った言葉を。

「私は貴方を守ります」。

忘れないでください、私は決して貴方から離れません。

重荷を背負った気の弱いロバの寓話はナンセンスです。貴方は図々しいロバが似合うのだから、重荷は私にヒョイと預けて、くわえ煙草で歩いて行ってください。

待っていてください。私のタイガー。

明日、船に乗ります。

愛する人へ。

PS　外出許可を取っておいてください。土曜日には、あの美しい市場へ行き、新しいメガネを買いましょう。

「余命半年」貴方に告げる　真紅のルージュ　愛しています

傷ついたレンズのままでいいと言う貴方誘《いざな》い眼鏡市場へ

新しい眼鏡手にした貴方の頬にはつかに浮かぶ薄紅色

星降る夜は

生い立ちの家華やかに響く母の声
牧童も馬も無口なカンタベリー
星月夜口づけたのは紀元前

キツすぎるドイツ訛りの老牧夫

生き延びてこの地に三代フリッツ爺さん

どうしても撃ち落としたい天秤座

流れ星わたしもいつか古代人

部屋探し懐かしすぎるアッシュバートン

黒くて酸っぱい。ソウルフードはライ麦パン
どうしてよ猫が好きって言ったじゃない
わかったわ死ぬだけの理由《わけ》あったのね
ひっそりと貴方沈めた春の湖《うみ》
明日《あす》の朝ライ麦パンが焼ける頃

目を上げてジャガイモスープを飲むでしょう

「猫が好き」思えばそれだけ私達

貴方って昔からそうあなたって

好きだった「グリーンドラゴン」星空酒場

「偲ぶ会」一回かぎり猫自由

アルマゲドン星降る夜は猫の暖

＊カンタベリー

カンタベリー地方（英：Canterbury Region）は、ニュージーランドの南島にある地方の呼び名。最大都市はクライストチャーチ。地方と同名のニュージーランド最大の平野が広がる。地名はイギリスのカンタベリーに由来するが、両者の間に姉妹都市関係はない。

＊アッシュバートン

アッシュバートン（英：Ashburton、マオリ語：Hakatere）は、ニュージーランド南島カンタベリー平野に位置する町。人口1万7700人。星空の美しさは圧倒的。人々は素朴で優しく、すれ違うときには控えめに微笑んで挨拶を交わす。朝靄の中を赤い頬をした少年がミルクを配達していたりする。1940年代にドイツから移住したと言う、無口なユダヤ人の老夫婦が住んでいた。

解説

猫娘のアジリタ

水沫流人

炭鉱夫は聞くただ一度閃光の中燃えるカナリアのアジリタ

カナリアは、まるで巫女のようだ。

落盤事故の前兆として、坑道のヒビ割れた隙間からガスが洩れる。臭いに敏感なカナリアが真っ先に察知し、あのよく透る声で人々に急を告げる。

しかしガスが坑内に充満し、一気に爆発してしまうと、もはや手のつけようがない。哀れな小鳥は、逃げ遅れた鉱夫たちと運命を共にするのだ。

自身の独特な感覚によって危険を悟り、身をていして周囲に知らせる姿が、予言者や巫女に重なって見える。「未来」を予知し、「あの世」の消息を我々に伝え、「死」の世界と「生」の世界をつなげる者。

作者・森村明もまた、その眷属ではないか。

蝶に降る雨蝶を濡らさず鱗粉の虹を纏った神御衣《かんみそ》ひらく
ゆうべ隣で笑ってたあの子はもういないのだという花いちもんめ

それが原民喜の自死であれ、子の夭逝であれ、読むうちにどこか民俗的《フォークロア》な神秘性を帯びた世界へと誘われる。さらにページを繰れば、亡霊つきのアイルランドの古城や伏し目がちなメデューサや、井の頭自然文化園で数奇な生涯を終えた雌象が出迎えてくれる。時には哀切極まりない絶唱となるが、それも含め、歌集の印象はどこまでも透き通った湖の深淵にも似て、不思議な静謐をたたえている。

そう。歌を詠むとき作者は巫女になるのだ、きっと。

ところで、神秘な業《わざ》には魔道具がつきものだという。魔法の杖しかり、空飛ぶジュウタンしかり。

作者が用いる呪具とは、いったい何だろうか。

それは猫である。

その姿が描かれるとき、彼女の歌の世界はにわかに生々とした色合いを帯びる。なにか非現実的で、地上から数センチ浮き上がったような存在。それゆえか、猫は古代エジプトで女神として神格化されるなど、「あの世」と「この世」の境界に住まい、人を蠱惑しつづける。

他にも似た役割として、犬、狸、亀、象、カナリア……さらには媼、老パルチザン、廃屋、人形、ラピュタの城などが登場する。が、なかでもとりわけ猫は、死者の世界の消息を伝える先導役として目覚ましい活躍をみせるのだ。
ざっと数えただけでも、本歌集で詠まれた猫の歌は六十八首。自ら猫好きをもって任ずる作者の面目躍如である。

廃屋の門扉に眠る猫がいて人語のごとき寝言を洩らす
陽炎の街原爆忌　車椅子の膝に火の色の猫が座る

作者は愛しい猫を抱きしめたまま、その小さないきものの力を借り、内なる衝動を増幅させる。それは技法とか表現手段といったものをとっくに超えており、発せられた言葉がネコ語でなく人語だったのは、たまたまの出来事にすぎないのだ。

雨の日の子猫を拾う濡れている。抱き上げる私ごと濡れていく

次に挙げる二首なども、「擬人化」どころではなく、「猫が我か我が猫か」という境地に到達した歌なのだと思う。読者はその二重写《ディゾルヴ》しされた妖しい姿態に眩暈を覚え、なすすべもなく慌

てふためくことしか許されない。

貧血性なの。帯は急にほどかないでね女の形が崩れてしまう
あたしあなたののぞむかたちになってあげるいまだけは

いっぽう、巫女のアイテムとして、「呪具」だけでは物足りなく思われる向きもあるかもしれない。「呪文」についても考えてみる。

それは多用されるオノマトペ（擬音語・擬態語）であろう。カウントしてみると、三十七首あった。


夜桜に獣の咆哮。故国《ふるさと》は今、月影にジャカランダジャカランダ

ジャカランダは南米原産の木。乾期の終わり、いっせいに花を咲かせる。

囚われの獣たちは、夜桜の彼方に南国の森を幻視する。その花の名の響きが重ねられるごとに、プリミティヴなリズムに乗せられ、読む者のまなざしもまた、遠くなる。

心づけば薄紫の花叢につつまれ、赤茶けた濁流の渦巻く川のほとりに佇んでいる。

シャラシャラと冠飾りのたまゆらにかの日より帰らぬ姫君

おぞましい空襲の火の記憶がよみがえり、憑依状態となった老女のなかでは過去も現在も混沌としている。ただただ雛人形の冠飾りだけが鳴っている。その響きのまま、媼は忘我の境をさまよい、死体の折り重なる隅田川へと孫娘を導くのだろうか。

繰りかえすリズムは人を高揚させる。例えばプロテスタントの一派であるペンテコステ教会の人々は、シュプレヒコールのような牧師の説教と信者の合いの手《アンサー》、ソウルフルなゴスペルを延々と続けるなかで宗教的エクスタシーを得るのだという。

作者が明確に意図しているのか定かではないが、世界を異化し、「ここではないどこか」へと読者を連れ去る装置として、音の表現がうまく機能している。

それは視覚障害者が登場するとき、いっそう印象に残る。主に聴覚に頼る場合、視覚を中心とする晴眼者とは、人と人との距離感が異なるのだろう。〈タイミング〉の中の歌に詠まれた、差し出す「僕の手」と、差し出された「貴方」の手との微妙なすれ違いは、そこはかとないユーモアのうちに他者との共生の難しさを浮かび上がらせて、秀逸である。

同様に、相手との絶妙な距離感を描いた歌。

午前二時「お困りですか」と蘭鋳に話しかけてる薄い肩

激情に任せた絶唱ではなく、シニカルに突き放しているのでもない。生活のなかで培われた奇妙なおかしみが、ここに息づいている。

熟練したイタコは口寄せをおこなう際、完全に自我を失うのではなく、意識をヒョイと脇にどけ、依頼人の求めに応じて霊を招き入れるという。身体を他人に使わせてはいるが、完全に明け渡すのではなく、横合いから冷静にコントロールしているのだそうだ。

作者もまた、そのような高等技術を身につけ、一段と「巫女力」を上げたのだろうか。

歌集の掉尾を飾る作品も、好きである。

アルマゲドン星降る夜は猫の暖

最終戦争《アルマゲドン》の夜に、星の降るごとく核ミサイルが落ちる。全ての終わりに猫を抱きしめる。世界の破滅と猫の体温は等価なのだ。

軽妙な俳味を帯びた「猫の暖」が、地上のありとあらゆる悲惨、不条理、愚かさを引き受けている。それは単純な「癒し」というよりも、恐怖は恐怖として、滅びは滅びとして、ありのままに受け入れることではないかと、勝手に考えている。

そういえば、今でも思い出す場面がある。

以前、ある小説教室で森村明と机を並べ、共に学んだことがあった。

それは夏の暑い夜だった。講師の話が佳境にさしかかろうとした、まさにその時。彼女は無言のまま立ちあがり、舞うように手をひらつかせながら部屋を徘徊しはじめたのだ。

居合わせた者たちは、みな呆気にとられて眺めるばかり。

後で聞けば、開け放った窓から蛾が入り、その手の虫が大の苦手だったため、必死になって逃げまわったのだという。周囲を慮り、叫びだしたいのを懸命にこらえながら。

しかし今になってようやく思い当たる。彼女は蛾から逃げていたのではないのかもしれない。ひょっとすると、見えない糸で操られ、傀儡よろしく踊らされていたのではないか。当時から「巫女体質」の萌芽があり、不思議な力が憑依していたのではないか……と。

その力が短歌によってさらに高められたとき、感情の迸りに身を委ねつつも、決して波に飲み込まれない練達のサーファーのような姿を、我々は目の当りにするのかもしれない。

（ホラー作家）

解説

花のもとに消滅するために

桃山　邑

人間の生ははかなく辛い。苦しいからこそ言葉に憑かれた者は、美しいまぼろしを紡ぎだすようにうたを歌う。万葉集のいにしえから、あらゆる階層さまざまな暮らしの其処彼処で、やまとうたは遠い声となって時間の河をくだってきた。畢竟この大地にふりそそぎ海とあふれる、もののあはれを伝えるために。

もののあはれの真髄は恋愛のゆきつく先にも似てほろ苦い。古今、恋する虜はすべからく、このひとなしではいられないという祈りにも似た感情とワンウェイの想いの必然とも思える裏切りの結末に身もだえしてきた。その矛盾がまたうたになる。女と男はなんとやっかいな生物なのだろう。ひとの集う都も鄙も、そんな恋人たちの森にも思えるから地上には言の葉がとぎれないのだろう。森村明という歌人は世界じゅうを旅しながら言葉をあやなす。彼女がわたくしの芝居の現場にあらわれるときの印象と、詠まれたうたの世界が随分ちがって少し戸惑ったのも事実だけれど。ひかえめであまり自らを語らない女性は、たおやかな立ち振る舞いの裡に激しく生きることへの欲動が隠れていることを、この歌集でしらされた。あたりまえのことだけれどうたはその言葉を操るものを自由にみちびく。それはヘテロトピアとでも呼ぶしかない別の場所を生きる智慧でもある。女流歌人の技芸はキネマや異国、社会的歴史的に矛盾がうずまく港などを経めぐり想像力のつばさを大胆にひろげてみせる。そこに寄り添うように死の誘惑がはりついているのを看取るのはそれほど困難なことではない。生きることへの歓待が強ければ強いほどより深く、ゆきつく果ての滅尽があざやかに浮かぶように。そのあり方は旅と二十世紀歌謡と港街をこよなく愛し前世紀の終わりに此の世を去った松井邦雄にも似て、虚構と現実とを不思議な言葉の繋ぎかたで綯い交ぜにする。

夜会に遅れれば遅れるほど、客は美しくなる。（ベンヤミン「ベルリンの幼年時代」）

自由律短歌とみまごう箴言は、稀代の浪漫的漂泊者だった故人の三冊目の著書『望郷のオペラ』にひかれたエピグラフであり、この歌集ぜんたいが醸しだす気配とも通底しているように思える。黄昏をゆきまどい約定をないがしろにするビジターと待たされる者（残された者）の関係性を示唆して間然するところもない。

文藝や藝能にとって死者や亡霊は大切な隣人である。かつて此の世と彼の世の橋懸りの幽玄美を描いた作品は、かぞえきれないほどたくさん残されてきた。わたくしに届けられたうたの群れもまたそれらの一列にくわわるものと確信している。

森村明は女性にしかみえないまなざしで恋や老いや旅をうたう。どこまでも道がつづいているかのようにうたう。両のあしうらに刺さった痛みのようなものは人間の孤独がとらえた死の使いの足音と遠くつながっていたものにちがいない。花綵の火山列島に古代より連綿と受け継がれてきた歌謡にひそむ遠い声に耳をかざす現代の歌詠みは、はたしてどんな荊棘の道を、あしうらに踏みしめてさまよっているのだろうか。

太陽の翳りはあきらかに人間社会を覆い尽くして、ひとびとが生きるよすがとしての希望も叶わない時代がつづいている。かつて敗戦後の焼け野原で家なき子が唄った「右のポッケにゃ夢がある　左のポッケにゃチュウインガム」という明日などどこにもみえない。まろびながらも確実に消滅へのカウントダウンは昭和を生き、平成の世にも残存するしかなかったわたくしや歌人の胸にひたひたと押し寄せてきている。肉体の滅尽とひきかえに、はたして魂は救われるのだろうか。生きる者が喪くしてきた忘れものは数多い。文藝や藝能も日暮れて道遠し。達成と呼びうるものを目指しながら直前で墜落してゆく敗北者のような苦しい気配が老いとともに滲み出てくる。その重い霧のなかから、一歩も退かずに言葉を更新し続けたいと願うのは残された時間の少ない者にとっては無い物ねだりに過ぎないのだろうか。

森村明のうたからは、悲しさとともにあたらしい活力のような気配も漂ってくる。虚妄であっても歌人の言葉はのぞみを醸しだす。もしかしたらうたはその虚しさを埋めるために存在するのかもしれない。

　ほんとうにわたくしたちは世界を獲得するために美しいひとつのものに溶けあうことができるのか。近づこうとして互いに求め合い、その激しさが仇となって遠ざかるしかない恋人同士。かたち崩れ、紐帯さえも切れてしまったかのような家族のなりたち。都市生活に疲れ、確信するものに対する、ある揺らぎのようなものを、わたくしたちはうたと呼んでたいせつに育ててきた。全体世界を有限の閉じられたものと捉え、そこから弱さの散らばる無限へと飛び出してゆくことに祈りを託し、うたのちからを信じたい。

　たゞ心に思ふことをいふより外なし。源氏物語に隠された恋の真実を人間の業として捉えなおした国学者が学問の出発にあたって篋底に秘めた歌論の結語。もののあはれの、本体が此処に在る。宇宙のありとあらゆるものはなぜ流転のはてに消滅へ向かうのか。人間もまた、砂浜に描いた絵のように波にさらわれ、消え去ってゆく運命でしかない。それでもうたは生きる者たちに寄り添ってあるべきだろう。とおりすぎていったはずの死者が、ざわざわと言葉以前の声をとどけ、ゆくてに色濃く影を落としていたとしても。春にあざやかに散る花々が舞うもとに、みずからの屍がうち捨てられていることを冀う漂泊者のように。


（水族館劇場座長）

歌集　雨女の恋

二〇一七年一二月二〇日　第一刷発行

著者　森村　明
企画　伊藤裕作
発行者　髙橋正義
発行所　株式会社人間社
名古屋市千種区今池一-六-一三　〒四六四-〇八五〇
電話　〇五二（七三一）二一二一　FAX　〇五二（七三一）二一二二
郵便振替〇〇八二〇-四-一五五四五
制作　有限会社樹林舎
名古屋市天白区井口一-一五〇四-一〇二　〒四六八-〇〇五二
電話　〇五二（八〇一）三一四四　FAX　〇五二（八〇一）三一四八
印刷所　株式会社シナノパブリッシングプレス

ISBN978-4-908627-23-1 C0092
定価はカバーに表示してあります。
＊乱丁本・落丁本は送料小社負担でお取り替えいたします。